Simone Bahmann

Zeit der Liebe

Fotografien von Heinz Hirz

Einleitung

Was wäre die Liebe ohne Romantik? Ohne Sternenhimmel und Kerzenlicht, ohne Rosenduft und Liebesmelodien, ohne diesen Rausch der Gefühle, den zwei Liebende immer wieder suchen, um ihre innige und einzigartige Zuneigung fassen zu können. Das sind Situationen, in denen Geist und Verstand ausgeschaltet werden und allein das Herz regiert. Frauen lieben solche Momente, Männer finden sie oft kitschig, doch meist bemerken sie gar nicht, wenn sie selbst romantisch werden.

Die Romantik versteht es nämlich, sich immer wieder dort einzuschleichen, wo zwei Menschen, die sich lieben, allein miteinander sind. Sie ist das Gewürz, das zu einer jeden Liebesbeziehung dazugehört, sie berauscht und zwingt regelrecht dazu, einen jeden romantischen Moment vollkommen zu genießen.

Was es ist

Es ist Unsinn
sagt die Vernunft
Es ist was es ist
sagt die Liebe

Es ist Unglück
sagt die Berechnung
Es ist nichts als Schmerz
sagt die Angst
Es ist aussichtslos
sagt die Einsicht
Es ist was es ist
sagt die Liebe

Es ist lächerlich
sagt der Stolz
Es ist leichtsinnig
sagt die Vorsicht
Es ist unmöglich
sagt die Erfahrung
Es ist was es ist
sagt die Liebe

ERICH FRIED

Zweisamkeit

Zweisamkeit – dieses Wort wird leider nur noch wenig gebraucht, obwohl es so viel sagt. Zweisamkeit bedeutet, nicht allein, sondern in der Nähe eines einzigen weiteren, lieben Menschen zu sein. Eines ganz besonderen Menschen, mit dem man diese ganz besondere Einheit bildet.

Zweisamkeit bedeutet, ein Herz und eine Seele zu sein, sich ohne Worte zu verstehen und die Anwesenheit des anderen in jedem Moment zu genießen. Gemeinsam eins sein, das ist Zweisamkeit.

Der schönste Anblick

Schön ist's, wenn zwei Sterne
nah sich stehn am Firmament,
schön, wenn zweier Rosen
Röte ineinander brennt.

Doch in Wahrheit immer
ist's am schönsten anzusehn,
wenn zwei, so sich lieben,
selig beieinanderstehn.

JUSTINUS KERNER

Es ist Nacht,
und mein Herz kommt zu dir,
hält's nicht aus,
hält's nicht aus mehr bei mir.

Legt sich dir auf die Brust,
wie ein Stein,
sinkt hinein,
zu dem deinen hinein.

Dort erst,
dort erst kommt es zur Ruh,
liegt am Grund
seines ewigen Du.

CHRISTIAN MORGENSTERN

Herzklopfen

Herzrasen, schwitzige Hände, Schlaflosigkeit und ein riesiger Schwarm von Schmetterlingen im Bauch – das sind eindeutige Anzeichen dafür, dass man verliebt ist. Verliebtsein ist ein ganz besonderer Zustand, und es dürfte wohl kaum jemanden geben, der ihn nicht kennt.

Viele Menschen behaupten, dass dieses Gefühl mit all seinen Nebenwirkungen früher oder später wieder vergeht, um dem Gefühl der wahren, vertrauten Liebe Platz zu machen. Doch so ganz verschwindet das Kribbeln im Bauch nie, denn es gibt immer wieder Momente, in denen es die Liebe versteht, zwei Menschen auch nach langer Zeit zu überraschen und die Schmetterlinge fliegen zu lassen.

*Wir können lieben, ohne glücklich zu sein;
wir können glücklich sein, ohne zu lieben, aber lieben und glücklich sein –
diese beiden so großen menschlichen Genüsse zu verbinden,
dazu bedarf es eines Wunders.*

HONORÉ DE BALZAC

Liebeslied

Als ich nachher von dir ging
An dem großen Heute
Sah ich, als ich sehn anfing
Lauter lustige Leute.

Und seit jener Abendstund
Weißt schon, die ich meine
Hab ich einen schönern Mund
Und geschicktere Beine.

Grüner ist, seit ich so fühl
Baum und Strauch und Wiese
Und das Wasser schöner kühl
Wenn ich's auf mich gieße.

BERTOLT BRECHT

Vertrautheit

Eine der wertvollsten Gaben der Liebe ist die Vertrautheit. Sie entspringt aus gemeinsamen Erfahrungen, aus Treue, gegenseitigem Respekt und dem lebhaften Interesse an all dem, was den anderen bewegt oder begeistert.

Einander vertraut zu sein heißt, keine Geheimnisse voreinander, jedoch Geheimnisse miteinander zu haben. Und was das für Geheimnisse sind, das geht nur die Liebenden selbst etwas an.

Jetzt und immer

Seit wann du mein? Ich weiß es nicht:
Was weiß das Herz von Zeit und Raum!
Mir ist, als wär's seit gestern erst,
dass du erfülltest meinen Traum –

Mir ist, als wär's seit immer schon,
so ganz und gar sind wir vertraut:
so ewig lange du mein Weib,
so immer wieder meine Braut.

Richard Dehmel

Die Liebe war nicht geringe.
Sie wurden ordentlich blass;
sie sagten sich tausend Dinge
und wussten noch immer was.

Sie mussten sich lange quälen,
doch schließlich kam's dazu,
dass sie sich konnten vermählen.
Jetzt haben die Seelen Ruh.

Bei eines Strumpfes Bereitung
sitzt sie im Morgenhabit;
er liest in der Kölnischen Zeitung
und teilt ihr das Nötige mit.

WILHELM BUSCH

Überraschung

Die Liebe weiß immer wieder zu überraschen. Ganz gleich, in welcher Phase sie sich befindet, ob sie frisch erblüht ist oder bereits seit Jahren gedeiht, es kann stets zu unerwartet schönen und traumhaft romantischen Situationen kommen. Und weil sich die Liebe mit niemandem so schlecht versteht wie mit der Routine, sollte man ihr regelmäßig dabei helfen, neu aufzublühen. Kleine Aufmerksamkeiten sind da die beste Unterstützung. Eine rote Rose auf dem Kopfkissen, ein Überraschungspicknick im Grünen, zwei Kinokarten im Zahnputzbecher oder ein unerwarteter und leidenschaftlicher Kuss im Riesenrad – das sind nur wenige von zahllosen romantischen Ideen, die der Liebe unglaublich guttun.

Liebe berauscht, sagt man.
Liebe ernüchtert, sagt man.
Liebe lässt klar sehen, sagt man.
Liebe macht blind.
Liebe verdirbt.
Liebe veredelt.
Liebe stärkt.
Liebe schwächt.
Liebe bringt Pein
und Liebe bringt Glück.
Wo, wer ist jener Sagtman?
Liebe macht gar nichts, erwidere ich ihm.
Wir machen die Liebe zu dem, was sie uns wird.

GOTTFRIED KELLER

Das Rosenband

Im Frühlingsschatten fand ich sie,
da band ich sie mit Rosenbändern:
Sie fühlt' es nicht und schlummerte.

Ich sah sie an; mein Leben hing
mit diesem Blick an ihrem Leben:
Ich fühlt' es wohl und wusst' es nicht.

Doch lispelt' ich ihr sprachlos zu
und rauschte mit den Rosenbändern:
Da wachte sie vom Schlummer auf.

Sie sah mich an. Ihr Leben hing
mit diesem Blick an meinem Leben,
und um uns ward Elysium.

FRIEDRICH GOTTLIEB KLOPSTOCK

Leidenschaft

Was wäre die Liebe ohne Leidenschaft? Ohne dieses Feuer, das beständig zwischen zwei Liebenden knistert. Eine sanfte Berührung, ein langer Kuss oder ein tiefer Blick in die Augen des anderen genügen oft, um diese Flamme hell auflodern zu lassen. Leidenschaft ist ein spontanes Gefühl, welches sich nicht bändigen lässt. Wo sie nicht ist, kann man sie auch nicht heraufbeschwören und genauso wenig lässt sie sich für längere Zeit unterdrücken. Jedoch legt sie manchmal, und das oft völlig unbemerkt, eine kleine Ruhepause ein, aus der sie ohne Hilfe nicht wieder erwachen kann. In solchen Momenten ist es an den Liebenden, die Leidenschaft wiederzuerwecken, und dabei sind der Fantasie keine Grenzen gesetzt.

Sei du der große Zeiger,
ich will der kleine sein:
So, weiß ich, bleib ich niemals
ein Stündlein ganz allein.
Du musst urewig währen,
solang die Unruh schwingt,
zu ihm, der mit dir treulich
den Kranz der Tage schlingt.
Und macht dein rastlos Sputen
mir oft die Seele wund –
es rollen doch alle Minuten
zuletzt in meinen Grund.

Rainer Maria Rilke

Augenblick

In der Liebe ist jeder Augenblick, den man miteinander verbringt, unglaublich kostbar. Und in der Erinnerung zweier Liebender gibt es unendlich viele solcher Momente, die bei beiden immer und immer wieder Herzklopfen verursachen. Das ist der traurige Abschied am Bahnhof oder der Moment des Wiedersehens, wenn man sich fest in die Arme schließt. Das ist der Augenblick, an dem man sich zum ersten Mal die gegenseitige Liebe eingesteht, aber auch der Moment des ersten großen Streits und natürlich der Moment der Versöhnung. Es sind Worte, Tränen, ein bestimmtes Lächeln oder ein besonderer Blick, die solche Augenblicke unvergänglich machen, und ein jedes Liebespaar kann sich mit großer Sicherheit an zahlreiche solcher einzigartiger Momente erinnern.

Das achtzehnte Sonett

*Küss mich noch einmal, küss mich wieder, küsse
mich ohne Ende. Diesen will ich schmecken,
in dem will ich an deiner Glut erschrecken,
und vier für einen will ich, Überflüsse*

*Will ich dir wiedergeben. Warte, zehn
noch glühendere, bist du nun zufrieden?
O dass wir also, kaum mehr unterschieden,
glückströmend ineinander übergehn.*

In jedem wird das Leben doppelt sein.
Im Freunde und in sich ist einem jeden
jetzt Raum bereitet. Lass mich Unsinn reden:

Ich halt mich ja so mühsam in mir ein
und lebe nur und komme nur zur Freude,
wenn ich, aus mir ausbrechend, mich vergeude.

Louise Labé,

Übersetzung von Rainer Maria Rilke

Ruhe

Die Liebe hat einen großen Vorteil, sie kennt keine Langeweile. Phasen großer Leidenschaft und vertrauter Freundschaft wechseln einander ab, auf eine Zeit der Innigkeit folgt durchaus auch einmal eine Zeit der Distanz. Und all das verträgt die Liebe sehr gut, denn ein Gefühl der Verpflichtung gibt es in der wahren Liebe nicht, alles, was sie macht, macht sie aus freien Stücken und macht es gern. Was uns bei Fremden und sogar bei Freunden unangenehm wäre, empfinden wir mit unserem Herzblatt als traumhaft schön. Und deshalb sind in der Liebe die Momente der Ruhe auch so ganz besonders angenehm. Miteinander zu schweigen, die Nähe des anderen zu genießen und niemals, auch nicht für eine Sekunde, das Gefühl zu haben, etwas sagen zu müssen – das ist eine ganz eigene Art der Romantik. Diese gemeinsame Ruhe ist wunderbar und die beste Entspannung für Seele und Körper. Denn nur in der Nähe eines so vertrauten und lieben Menschen kann man die Welt vergessen. Süßes Nichtstun – nur gemeinsam macht es so viel Freude.

An Bettina

Vorgenossen, nachempfunden
waren sonst des Jahres Stunden
und die Gegenwart so leer,
trübe Luft auf ödem Meer.

Seit ich dich in steter Nähe,
mich wie deinen Schatten sehe,
ach wie anders Gegenwart,
Stunden wie von andrer Art.

Keine Zukunft, nichts vergangen,
gar kein törichtes Verlangen
und mein Zimmer eine Welt,
was ich treibe, mir gefällt.

Selbst bei süßem Müßiggange
wird mir um die Zeit nicht bange;
kaum hast du mich angeblickt,
ist die Arbeit mir geglückt.

Und ein Jahr ist so vergangen,
und ein Kind, von dir empfangen,
zeigt des Jahres liebreich Bild:
Großer Gott, wie bist du mild!

ACHIM VON ARNIM

Glück

Viele Menschen sehen den Sinn des Lebens darin, einfach glücklich zu sein. Und für die meisten, darüber besteht kein Zweifel, ist die Liebe natürlich das größte Glück. Was könnte schöner sein, als geliebt zu werden? Doch nur, auch selbst aus tiefstem Herzen lieben zu dürfen. Die Liebe ist tatsächlich ein großes Glück, und aus diesem Grund sollte man sie auch stets wie ein kostbares Juwel behandeln. Wie viele gibt es, die verzweifelt nach ihr suchen, und wie oft hat man sich selbst schon nach ihr verzehrt, unter Herzschmerz und unstillbarer Sehnsucht gelitten. Kein dem Menschen bekanntes Gefühl kann uns so sehr aus dem Gleichgewicht bringen und uns aus den tiefsten Tiefen wieder in schwindelnde Höhen werfen.

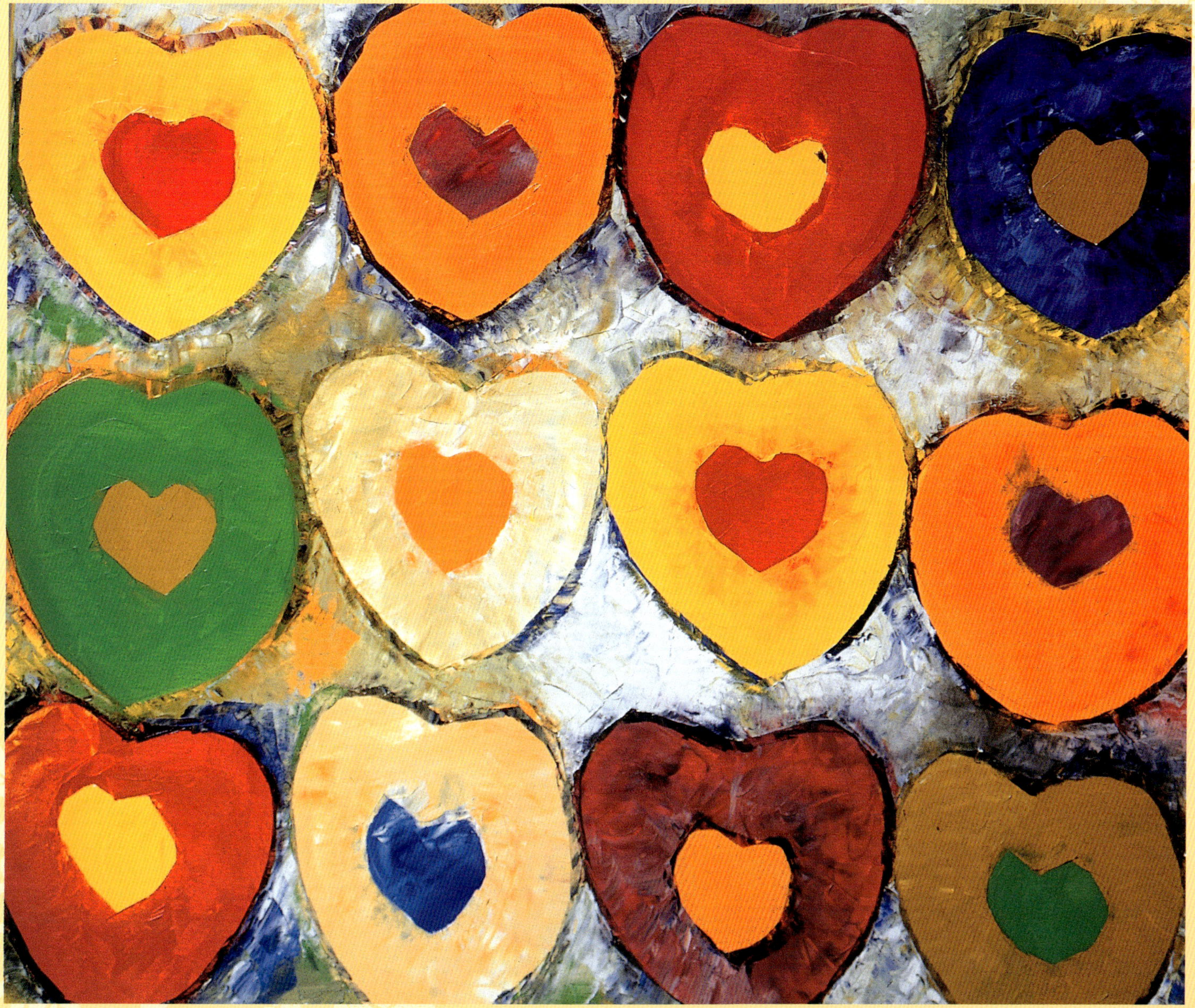

Freudvoll und leidvoll

*Freudvoll
und leidvoll,
gedankenvoll sein,
langen
und bangen
in schwebender Pein,
himmelhoch jauchzend,
zum Tode betrübt;
glücklich allein
ist die Seele, die liebt.*

JOHANN WOLFGANG VON GOETHE

So wahr die Sonne scheinet

So wahr die Sonne scheinet,
so wahr die Wolke weinet,
so wahr die Flamme sprüht,
so wahr der Frühling blüht;
so wahr hab ich empfunden,
sie ich die halt umwunden:
Du liebst mich wie ich dich,
dich lieb ich wie du mich.

Die Sonne mag verscheinen,
die Wolke nicht mehr weinen,
die Flamme mag versprühn,
der Frühling nicht mehr blühn!
Wir wollen uns umwinden
und immer so empfinden:
Du liebst mich wie ich dich;
dich lieb ich wie du mich.

FRIEDRICH RÜCKERT

Sehnsucht

Freud und Leid sind in der Liebe eng miteinander verknüpft. Und es hat sicherlich seinen Grund, weshalb es heißt, die Liebe sei eine Leidenschaft, die Leiden schafft. Doch die Liebe kennt auch ein schönes Leiden, einen prickelnden Seelenschmerz, der, wenn man ihn erfährt, unerträglich ist, aber dann umso schöner erscheint, wenn er ganz plötzlich vergeht – die Sehnsucht. Sehnsucht ist ein Bangen, Hoffen, Warten, sie ist verbunden mit Ungeduld, mit Tagträumerei und dem unstillbaren Verlangen, dass endlich das Erwünschte in Erfüllung geht. Sehnsucht steht nicht immer nur am Anfang einer Liebesbeziehung, nein, sie bleibt ein ständiger Begleiter zwischen zwei Liebenden. Das ist die Sehnsucht, den anderen nach einem langen Arbeitstag wiederzusehen, die Sehnsucht, gemeinsam ein paar freie Tage miteinander zu verbringen, die Sehnsucht nach gemeinsamer Ruhe, nach Geborgenheit, nach Nähe.

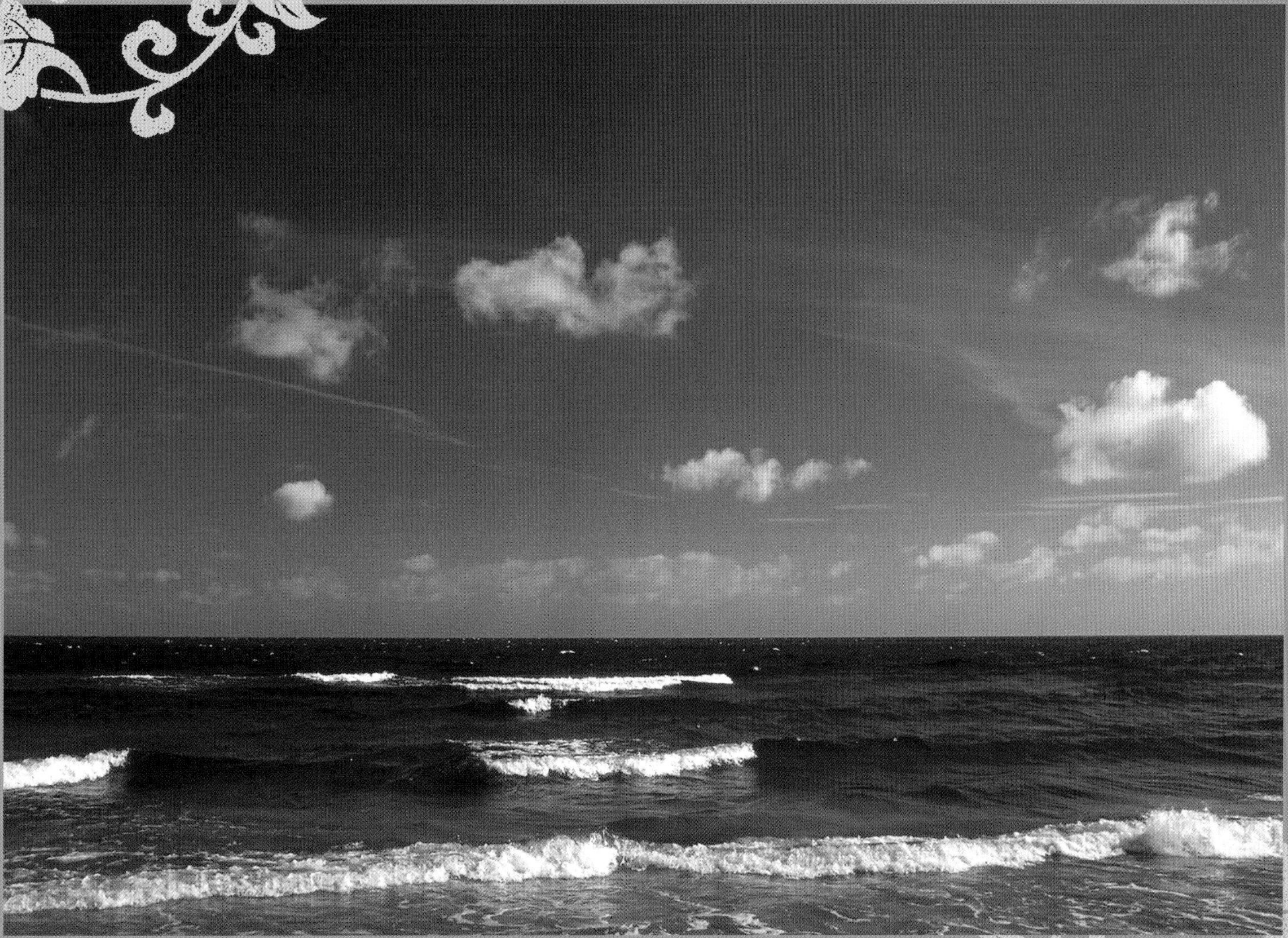

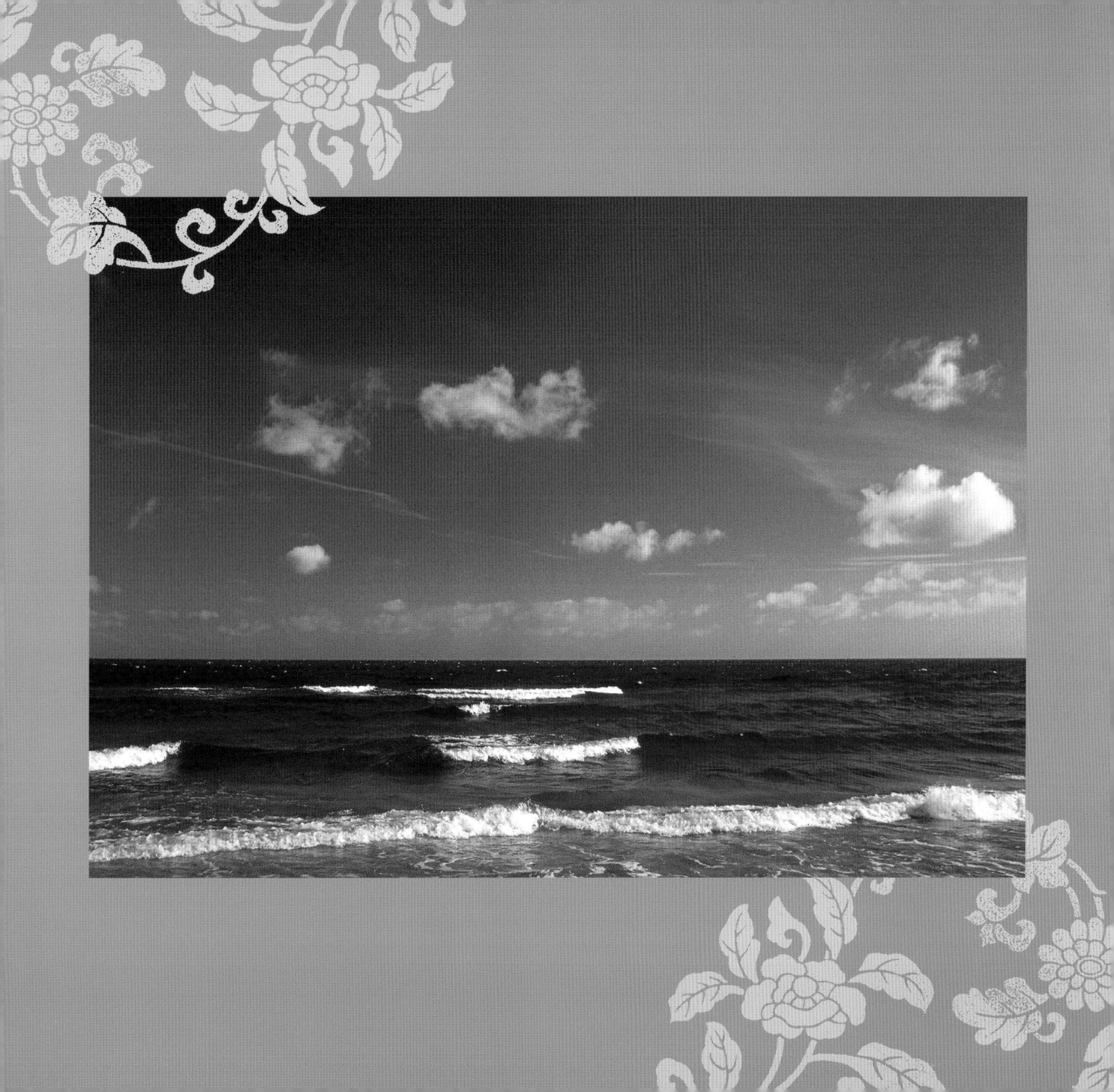

Liebe

Wieder will mein froher Mund begegnen
Deinen Lippen, die mich küssend segnen,
Deine lieben Finger will ich halten
Und in meine Finger spielend falten,
Meinen Blick an deinem dürstend füllen,
Tief mein Haupt in deine Haare hüllen,
Will mit immerwachen jungen Gliedern
Deiner Glieder Regung treu erwiedern
Und aus immer neuen Liebesfeuern
Deine Schönheit tausend mal erneuern,

Bis wir ganz gestillt und dankbar beide
Selig wohnen über allem Leide,
Bis wir Tag und Nacht und Heut und Gestern
Wunschlos grüßen als geliebte Schwestern,
Bis wir über allem Tun und Handeln
Als Verklärte ganz in Frieden wandeln.

Hermann Hesse

Was werde ich tun, wenn du nicht bei mir bist?
Die Steine küssen, die Säule umarmen, das Laub der Bäume küssen, ja,
in den Fluss werde ich laufen, damit mich Welle um Welle umarmt,
ich werde mit den Hunden und Wolken sprechen,
und wenn ich in der Sonne gehe, so werde ich die Augen schließen,
um deine Wärme zu fühlen. Ich werde närrisch werden ohne dich.
Und wenn ich nicht schlafen kann, so soll der Nachtwind
mich streicheln ganz und gar, und wenn du nicht kommst,
so werde ich krank sein, bis ich dich finde.

MAX FRISCH

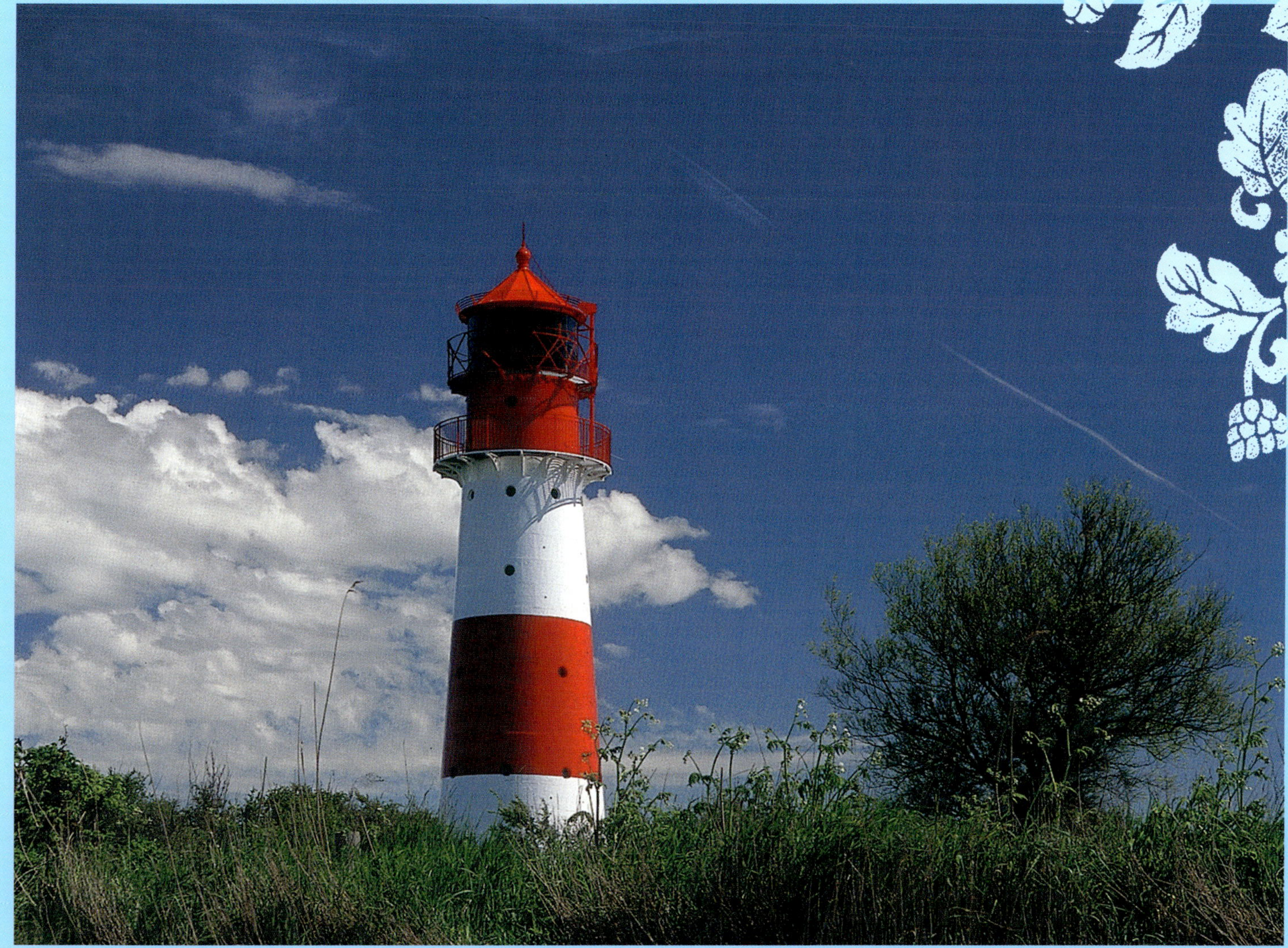

Zukunftsträume

Liebende schwelgen nicht nur gerne in Erinnerungen. Nein, sie träumen auch äußerst gern von der Zukunft. Da werden Luftschlösser gezeichnet, Pläne geschmiedet und der Fantasie keine Grenzen gesetzt, alles scheint möglich zu sein. Denn gemeinsam träumen ist doppelt schön und gemeinsame Ziele zu verwirklichen noch viel schöner. Ganz gleich, wie lange man sich kennt, wie viele Träume bereits wahr geworden sind, es gibt immer wieder neue Ideen und Wünsche. Darunter sind große Pläne, aber auch ganz kleine, dafür aber umso verrücktere Vorhaben, und manche davon sind so geheim, dass man beschließt, sie keinem Dritten zu erzählen.

*Dies ist das Geheimnis der Liebe,
dass sie solche verbindet, deren jedes für sich sein könnte
und doch nichts ist und sein kann ohne das andere.*

FRIEDRICH WILHELM SCHELLING

Die Rosen von Saadi

Ich habe diese Früh dir Rosen bringen wollen;
mein Gürtel hat zu viele Rosen tragen sollen,
die Knoten hielten nicht die Last, die sie umschlungen,

Die Knoten rissen. Und die Rosen, windgezogen,
und alle Rosen sind dem Meere zu geflogen
und schon auf Nimmerwiedersehn hineingesprungen.

Und rot und wie entflammt von ihnen schien das Meer,
und mein Gewand ist noch von ihren Düften schwer.
Atme von mir den Balsam der Erinnerungen!

MARCELINE DESBORDES-VALMORE

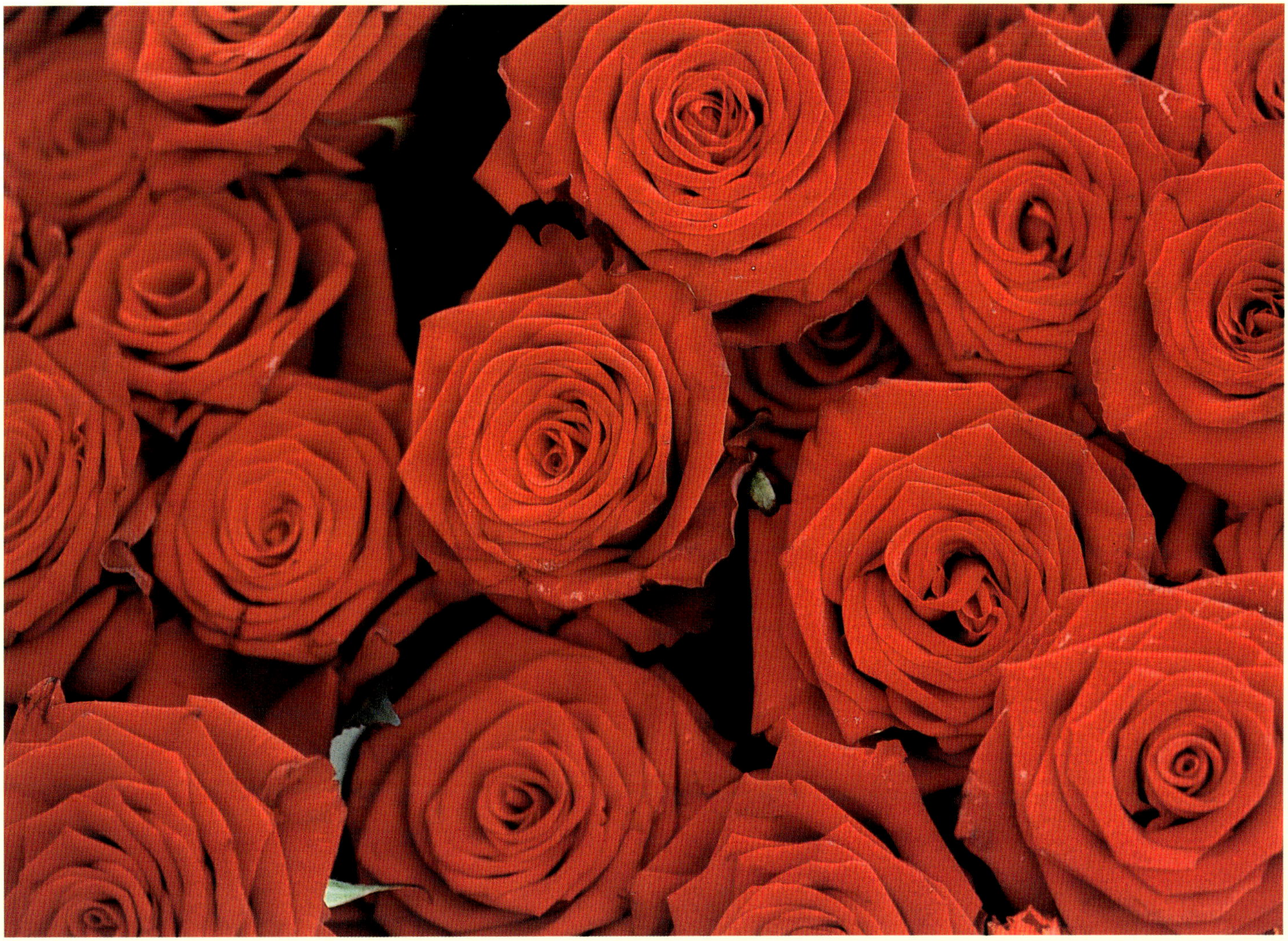

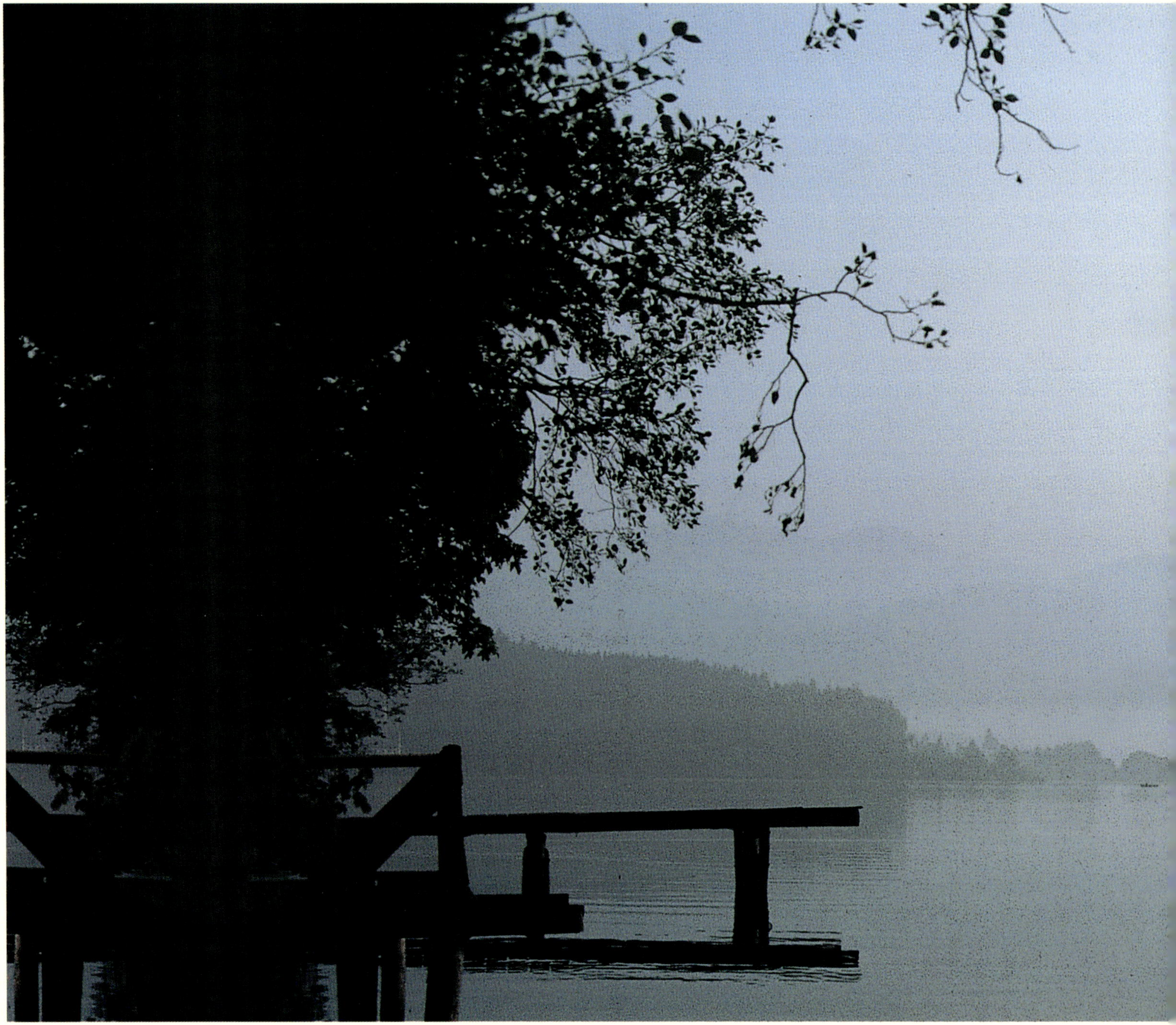

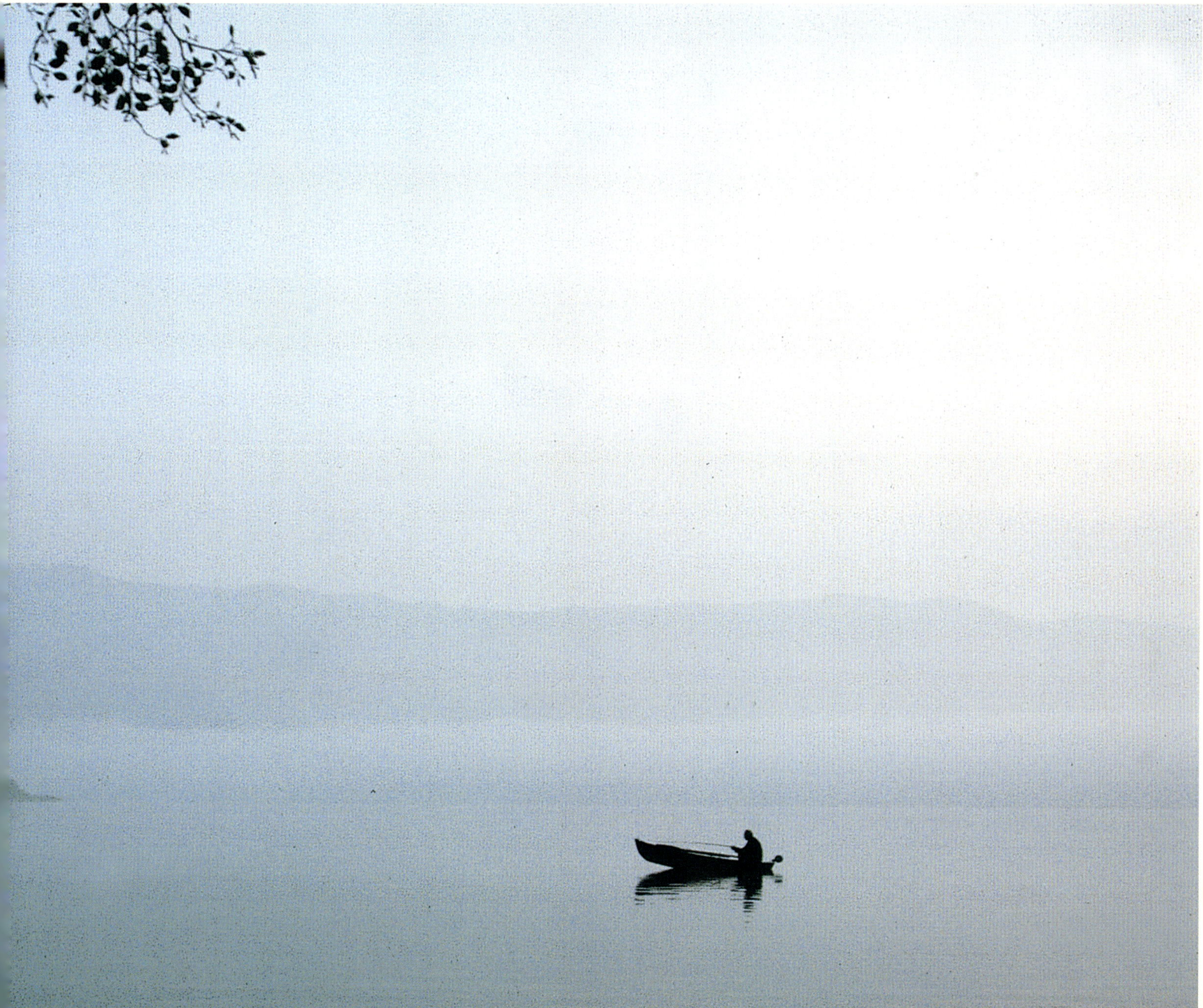

Sinnlichkeit

Die Liebe ist ein Genuss, bei dem alle Sinne voll und ganz zum Zuge kommen. Wie schön ist es, den geliebten Menschen einfach nur anzuschauen, seine Bewegungen zu beobachten und darauf zu warten, dass die Blicke sich treffen. Einzigartig ist es auch, einander zu berühren, die gegenseitige Wärme zu spüren und über weiche Haut zu streicheln. Fast noch schöner ist es, den Duft des anderen wahrzunehmen, niemand riecht so gut wie der Mensch, den man liebt. Der Klang einer vertrauten und geliebten Stimme ist ein weiterer Genuss, vor allem dann, wenn dir diese Stimme romantische Worte direkt ins Ohr flüstert. Und was könnte besser schmecken als ein süßer Kuss von diesem ganz besonderen Menschen? Liebe ist einfach ein Fest für die Sinne.

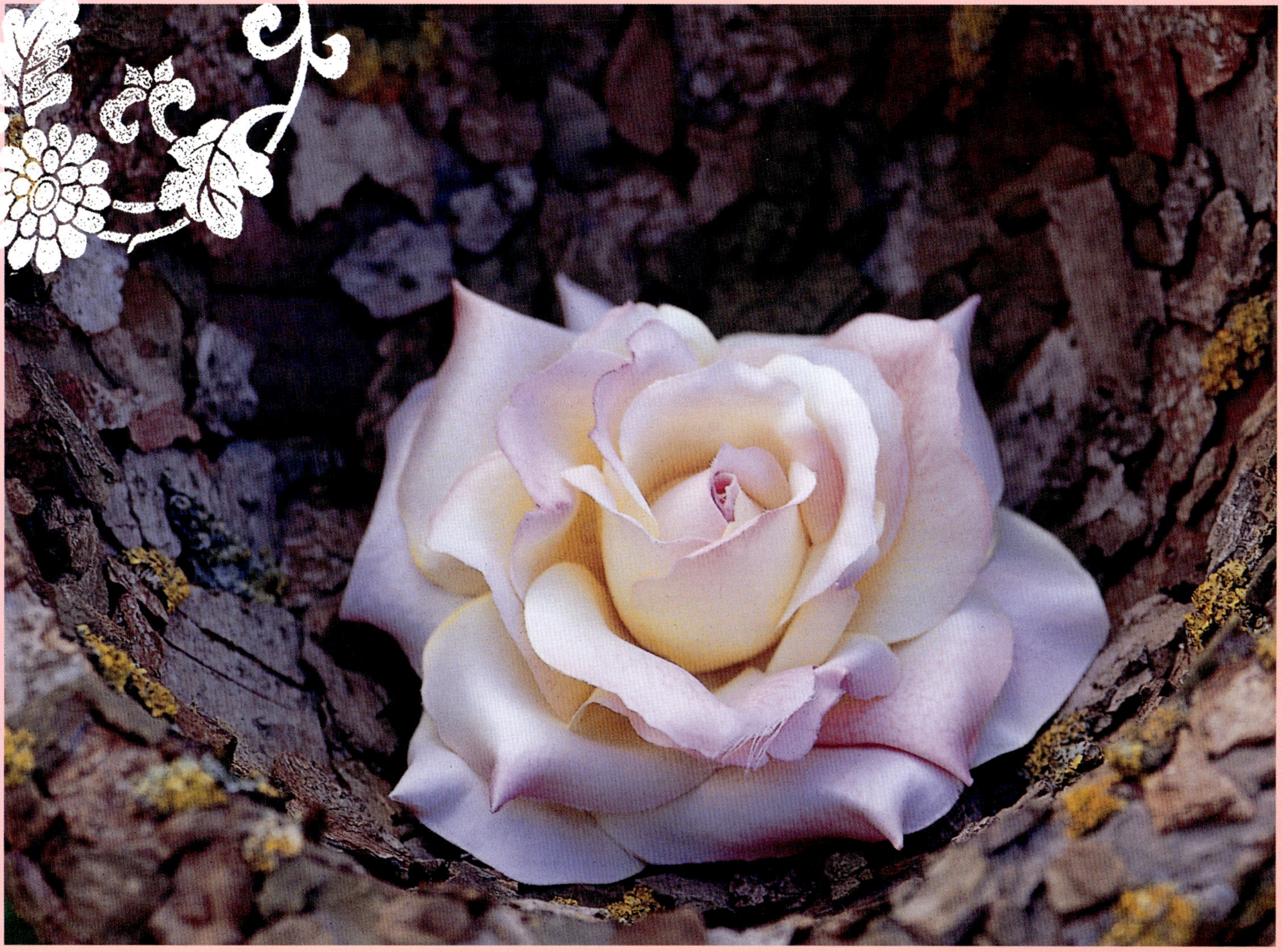

Erinnerungen

Schöne Erinnerungen sind ein kostbarer Schatz, und besonders herrlich ist es, wenn man schöne Erinnerungen mit einem anderen Menschen teilen kann. In der Liebe geschehen fast täglich erinnernswerte Dinge, Dinge, über die man schmunzeln oder herzlich lachen muss, oder Dinge, die unglaublich romantisch oder ganz und gar außergewöhnlich sind. Da gibt es wunderbare Überraschungen, witzige Zufälle, besondere Kleinigkeiten oder auch große Wunder, und all das bleibt in den Köpfen und vor allem in den Herzen der beiden Menschen gespeichert, die es zusammen erleben. Wie romantisch ist es doch da, sich hin und wieder an die allerschönsten dieser vielen wundervollen Momente zu erinnern.

*Ich werde sie sehen!, ruf ich morgens aus,
wenn ich mich ermuntere und mit aller Heiterkeit
der schönen Sonne entgegenblicke; ich werde sie sehen!
Und da habe ich für den ganzen Tag keinen Wunsch weiter.
Alles, alles verschlingt sich in dieser Aussicht.*

Johann Wolfgang von Goethe,

aus: Die Leiden des jungen Werthers

Liebesbeweise

Wahre Liebe benötigt eigentlich keine Beweise, aber dennoch freut sich ein jeder, wenn er von seinem Partner hin und wieder einen kleinen oder auch großen Liebesbeweis erhält. Nicht immer müssen es Geschenke sein, es gibt auch bestimmte Worte und vor allem bestimmte Taten, die viel mehr zum Ausdruck bringen als eine Goldkette oder ein Strauß roter Rosen. Wieso nur ist der Liebesbrief so sehr aus der Mode gekommen? Viel häufiger sollten zwei Liebende sich schöne Worte schreiben, es müssen ja nur ein paar Zeilen sein, vielleicht auch nur drei Worte, die dem anderen schwarz auf weiß zeigen, wie tief man für ihn empfindet.

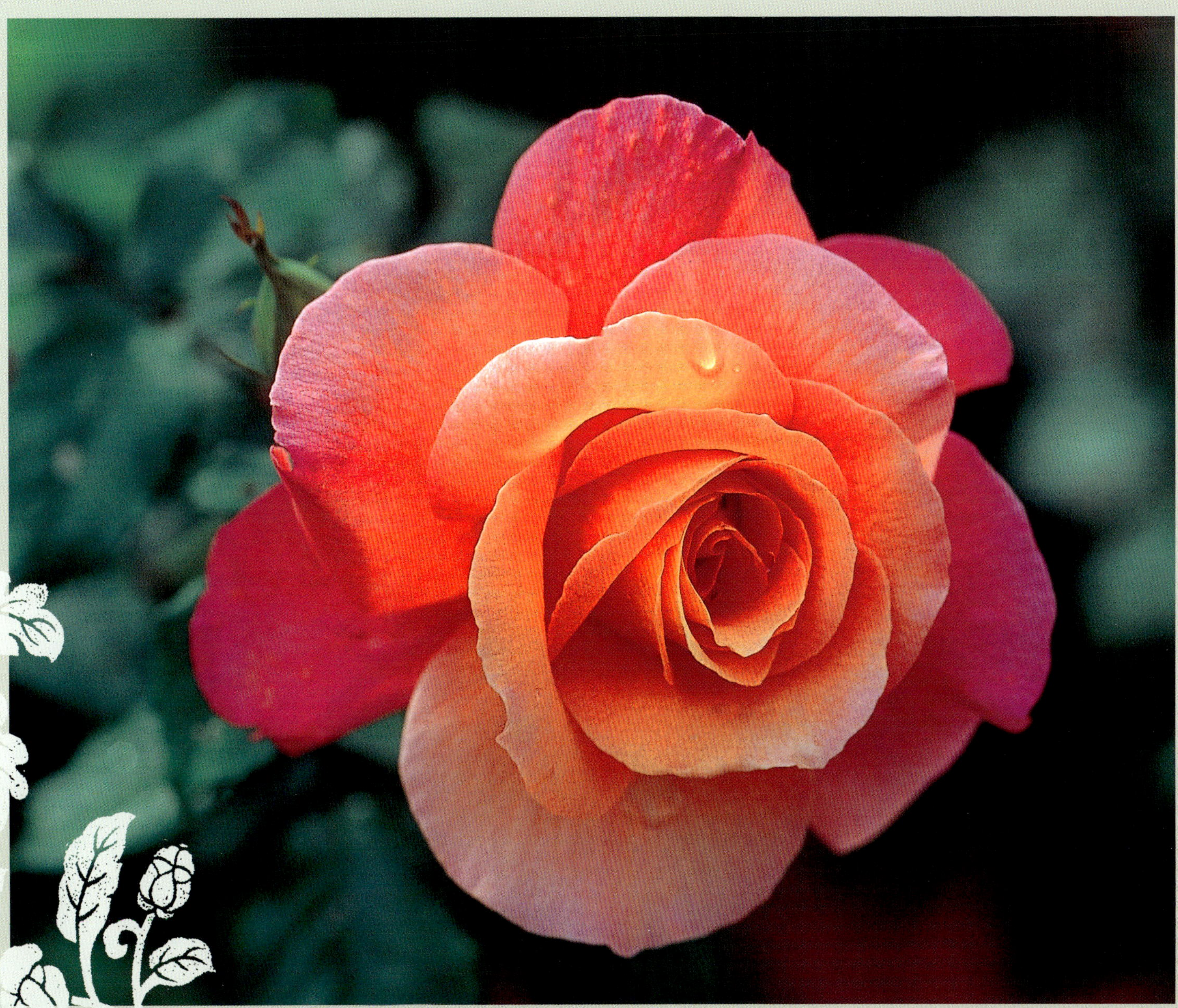

Mein Liebeslied

Wie ein heimlicher Brunnen
murmelt mein Blut,
immer von dir, immer von mir.

Unter dem taumelnden Mond
tanzen meine nackten, suchenden Träume,
nachtwandelnde Kinder,
leise über düstere Hecken.

O, deine Lippen sind sonnig ...
diese Rauschdüfte deiner Lippen ...
und aus blauen Dolden silberumringt
lächelst du ... du, du.

Immer das schlängelnde Geriesel
auf meiner Haut
über die Schulter hinweg
Ich lausche ...

Wie ein heimlicher Brunnen
murmelt mein Blut.

Else Lasker-Schüler

Schönheit

Schönheit, so heißt es, liegt immer im Auge des Betrachters. Und in der Liebe geht diese Aussage sogar noch weiter, denn jeder, der liebt und geliebt wird, ist grundsätzlich schön. Für zwei Menschen, die einander so nah sind, gibt es nichts Vollkommeneres als den Partner. Denn man liebt ihn bedingungslos, ganz so, wie er ist. Niemand ist dann für den anderen zu klein oder zu groß, zu dünn oder zu dick, sondern immer ganz genau richtig. Ja, man ist oft sogar regelrecht vernarrt in die kleinen Fehler und Besonderheiten, die den oder die Liebste so einzigartig machen. Und das ist eben das Wunderbare an der Liebe, sie versteht es, genau die zwei zusammenzufügen, die auch wirklich zusammengehören.

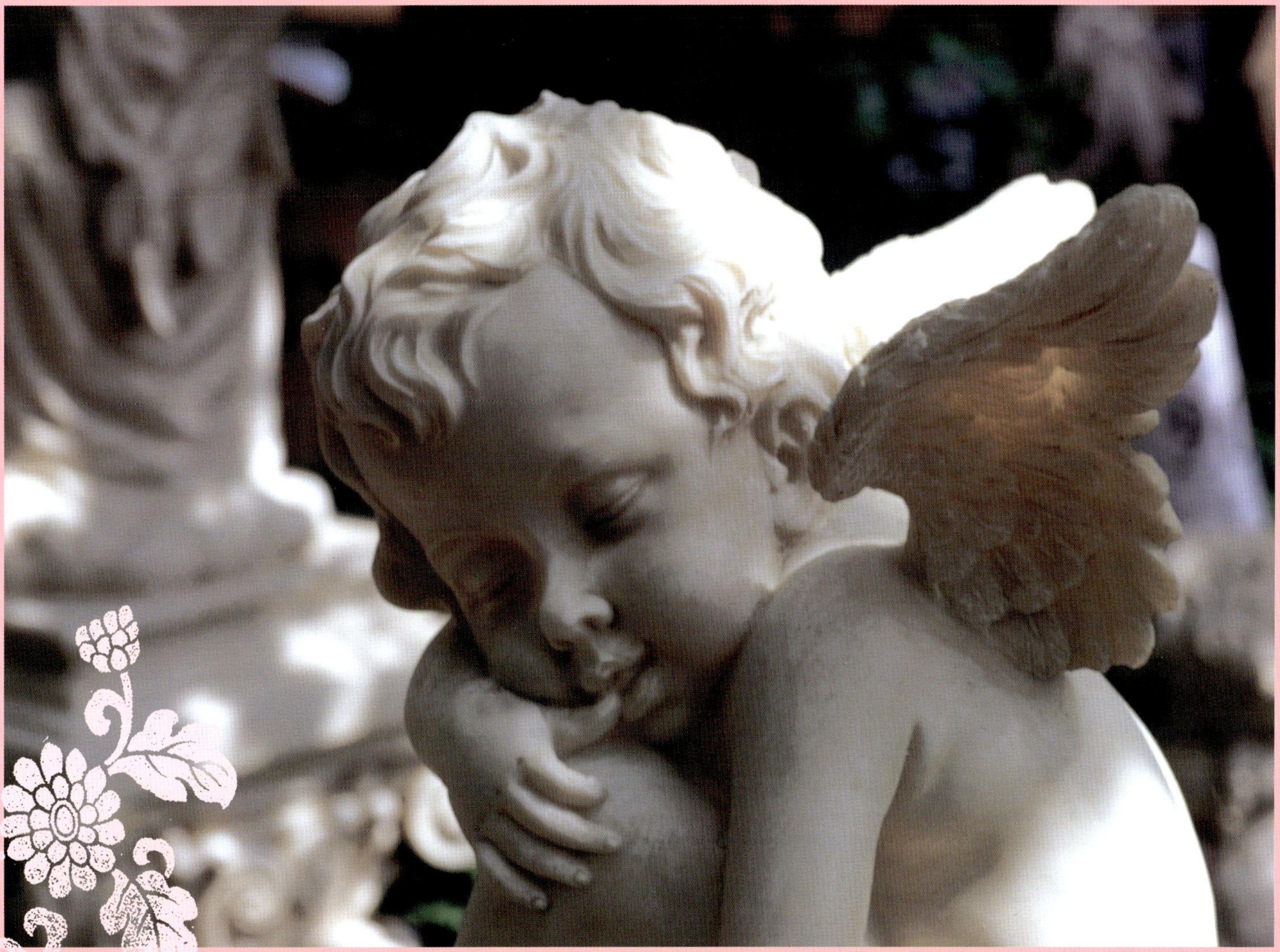

Dein Fehler

Dein Fehler, Liebste, ach ich liebe ihn,
weil du ihn hast,
und er ist einer deiner liebsten Gaben.
Seh ich an andern ihn, so seh ich fast
dich selbst und sehe nach dem Fehler hin,
und alle will ich lieben, die ihn haben!

Fehlst du mir einst und fehlt dein Fehler mir,
weil du dahin,
wie wollt' ich, Liebste, lieber dich ergänzen
als durch den Fehler? Ach ich liebe ihn,
und seh ich ihn schon längst nicht mehr an dir,
die Hässlichste wird mir durch ihn erglänzen!

Doch träte selbst die Schönste vor mich hin
und fehlerlos,
ich wäre meines Drangs zu dir kein Hehler.
Ihr, die so vieles hat, fehlt eines bloß
und alles drum – ach wie vermiss ich ihn –
ihr fehlt doch, Liebste, was mir fehlt: dein Fehler!

KARL KRAUS

Genuss

In der Liebe gilt: Genießen erlaubt! Denn die Liebe an sich ist bereits ein einziger Genuss, der zwei Menschen, wenn sie wirkliche Liebesgourmets sind, viel Freude und vor allem traumhaft romantische Momente bereiten kann. Und was ist an Romantik und Genuss mehr zu überbieten als ein wunderschönes Abendessen zu zweit? Ein solcher Abend kann bei Kerzenlicht in einem gemütlichen Lokal stattfinden oder aber im Mondenschein auf dem eigenen Balkon. Man kann entweder zusammen kochen oder aber den anderen mit einem Überraschungsmenü verwöhnen. Wichtig ist nicht, wo und was man isst und trinkt, wichtig ist nur, dass man allein ist. Nur die zwei Menschen, die sich lieben, ein gutes Essen, ein köstlicher Wein und ein lauschiges Plätzchen, an dem man sich nette Dinge erzählt, die niemand anderen etwas angehen.

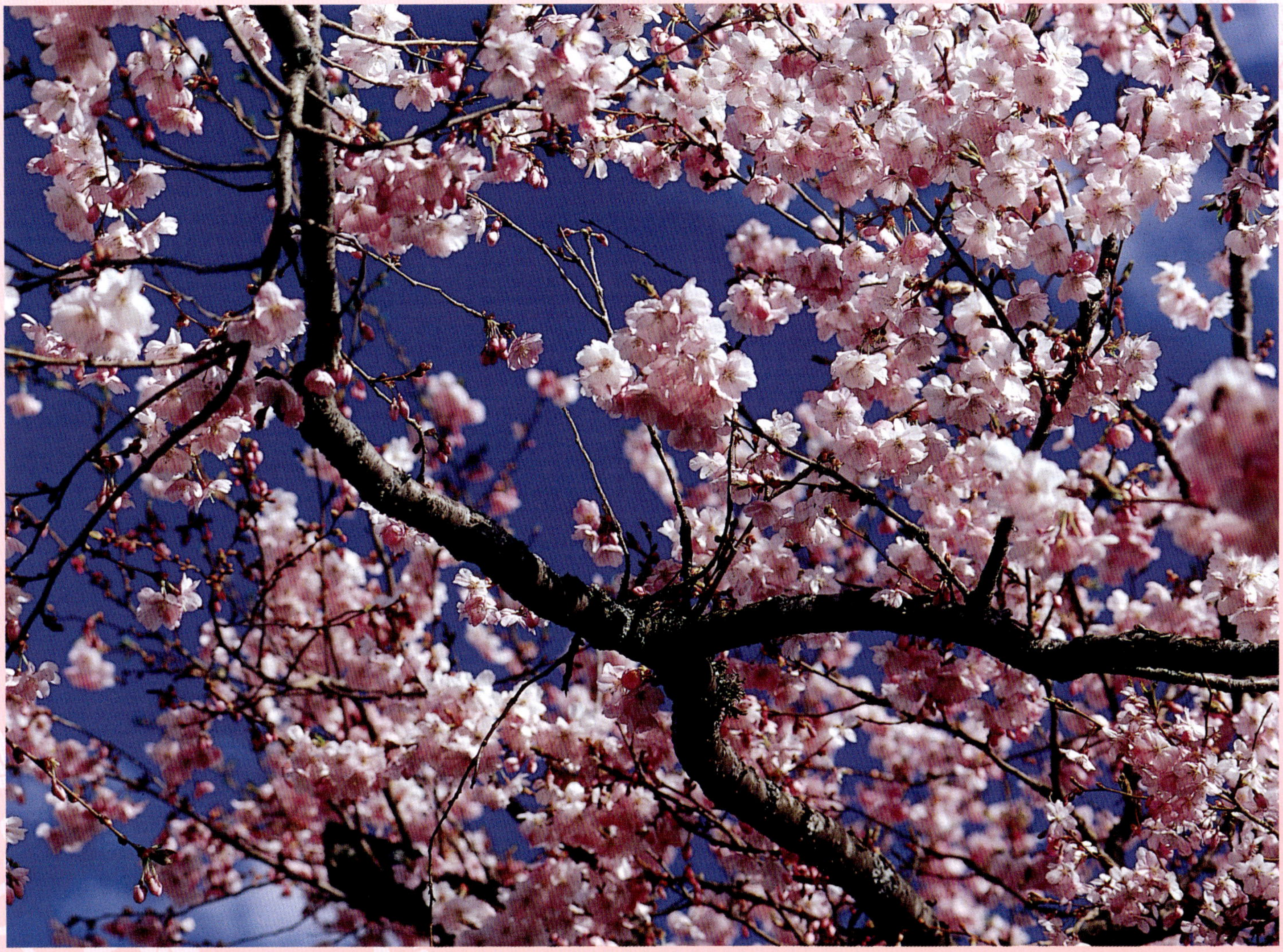

In einigen Fällen war es nicht möglich, für den Abdruck der Texte
die Rechteinhaber zu ermitteln. Honoraransprüche der Autoren, Verlage
und ihrer Rechtsnachfolger bleiben gewahrt.

Textnachweis:
S. 5: Erich Fried, »Was es ist«, aus: »Es ist was es ist«, © Verlag Klaus Wagenbach, Berlin 1983, NA 1996
S. 12: Bertolt Brecht, »Liebeslied«, aus: Bertolt Brecht, Werke. Große kommentierte Berliner und Frankfurter
Ausgabe, Band 15: Gedichte 5, © Suhrkamp Verlag Frankfurt am Main 1993
S. 40/41: Hermann Hesse, »Liebe«, aus: Hermann Hesse, Sämtliche Werke,
Band 10: Die Gedichte, © Suhrkamp Verlag Frankfurt am Main 2002
S. 42: Max Frisch, »Was werde ich tun ... bis ich dich finde«, aus:
Max Frisch, Gesammelte Werke, © Suhrkamp Verlag Frankfurt am Main 1986
S. 56/57: Else Lasker-Schüler, »Mein Liebeslied«, aus: Else Lasker-Schüler,
Gedichte 1902–1943, © Suhrkamp Verlag Frankfurt am Main 1996

© 2008 arsEdition GmbH, München
Alle Rechte vorbehalten
Texte: Simone Bahmann
Fotografien: Heinz Hirz
Innengestaltung: Eva Schindler, Ebersberg
ISBN 978-3-7607-2704-2
Printed by Tien Wah Press

www.arsedition.de